きむ ふな セレクション

韓国文学
ショート
ショート

一〇

サパにて

パン・ヒョンソク 著

きむ ふな 訳

原文では、作品中の年齢表記は数え年で記されているが、訳文では日本の慣習にならい、満年齢での表記とした。

「わたし」

三十分前、彼女はそう言った。

彼女からの最初の電話に僕はこちらの言葉で出た。アロー。返事がなかった。アロー？　明らかに電話の向こうの騒音が聞こえるのに、返事がない。そしてぷつんと電話は切れた。スマートフォンの画面に残った電話番号を確認した。見慣れない長い番号だった。わずかな響きで耳元に届いた息遣いが、ふとどこか馴染みのあるものだったように感じた。そして僕を包むその予感に、しばらく息を呑んだ。二回目の電話がかかってきた。もしもし、僕は韓国語で言う。返事はないが、僕はよりはっきりとした息遣いを感じた。違う。それは息遣いというより、ある香りに近い。もしもし。もう一度声をかけてみるが、電話は切れた。喉の奥まで込み上げた名前を呼べなかったことを後悔しているところに三回目の電話がかかってきた。急いで携帯のパネルをタッチし、彼女の名前を呼ぼうとした。しかし僕より先に向こうが口を開いた。

〇〇三

「わたし」

予感は間違っていなかった。息遣いだけで自分を思い出すよう要求できる人は、この世界に彼女しかいない。彼女は最後まで、チョンミンよ、と自分の名を告げなかった。わたし、それは僕にとって自分はいかなる説明も必要としない存在でなければならないという、彼女の頑なな表現だった。

「どこ?」

「空港」

「どこの?」

「ここの」

チョンミン、彼女が来た。僕には分からない。彼女をどうすればいいのだろう。いや、問題は彼女ではなく僕だ。僕をどうすればいいのだろう。案内標識が車窓を走り過ぎる。空港二十五キロメートル。新都市建設工事中の野原を横切って、車は勢いよく走る。田植え中ののどかな風景はスピード感を増してくれる。肩にガインをかけた農民がさっと迫ってきては後方に追いやられる。小走りのような足の動きに、肩を軸にしたガインが踊るように揺れる。彼女と僕との距離はもう十キロメートル、十分も

〇〇四

残っていない。しかし僕はまだ分からない。距離が縮み時間が近づくからといって解決されるようなものは、最初からなかった。彼女と僕の間で、僕が何かをどうこうしたりすることは一度もなかった。初めて会ったときも、二十年前も、七年前もそうで、たった今もそうだ。

「何を描いてるの？」

首をのばして僕のスケッチブックを覗いていた八歳の女の子が、十歳の坊主頭の僕に尋ねた。僕は風に揺れている女の子の影にちらっと目をやり、無愛想に言った。

「見れば分かるだろう、この小娘」

僕の視線が影から続く女の子の足に移った。足の甲の部分が丸くくり抜かれベルトがついた黒い靴、その中に可愛らしい小さな足が見えた。顔を上げずに見えたのは、白いストッキングをはいたふくらはぎまでだった。ストッキングをはいた子を見たのは初めてだった。

「ほんとうに同じだね」

＊１【ガイン】　長い木の両端に竹篭をぶら下げたもの。肩にかけて荷物を運ぶために使う。

〇〇五

口の中から弾け出る金平糖のように、秋の日差しの中に広がる彼女の声に僕は顔を上げてしまった。

「なぜ顔が赤いの？」

「もともと赤いんだよ。このこむす……」

彼女と目が合った僕は言おうとした言葉を飲み込み、小娘は未完の言葉として残った。二度と彼女を小娘と呼ぶことはできなかった。

「おいしそう」

八歳のチョンミンは熟した柿の絵を見て、ごくんと唾を飲んだ。風が白い首の一瞬の動きを消して通り抜けていった。水玉模様のワンピースを着た女の子の視線が、僕のスケッチブックから我が家の塀の外にのばした柿の木に移った。じりじりする午後の日差しを一瞬にして色褪せさせるような眼差しだった。サラサラした女の子の髪をなびかせた風は、十歳の僕の気を遠くさせた。風が解き放った彼女の香りは、僕が飼っていた二羽のウサギと一羽のホトトギスはもちろん、僕が描いた花や木、そのいかなるものの香りとも違っていた。彼女の眼差しと香りは、その年の晩秋の日差しのささやきと風の影として僕の中に刻みこまれた。

「食べたい」

木のてっぺんにぶらさがっている柿を見て言う彼女の眼差しを僕は拒めなかった。

チョンミンは入国ゲートの前に立っている。大きなレンズのサングラスを頭にのせて空を見つめている彼女を、僕は遠くからでも見つけることができる。警戒しているようでありながら堂々としていて、どこか挑発的な姿も変わっていない。僕と目が合った彼女はふっと笑う。少しやつれたような頬の薄いえくぼは、どこにいても目立つ彼女を一層目立たせる。

チェックのワンピース姿の彼女の横におかれた薄緑色のスーツケースに手をのばす僕の名前を、彼女が呼ぶ。

「カン・ソグ」

「生意気な……」

小娘が、という言葉は今日も口から出すことができなかった。イム・チョンミン、この小娘は、僕がどれほどその言葉を飲み込んだのか知るはずもない。

「マナーがなってないな。こういう場所で会ったら、まずはハグでしょう」

僕はスーツケースの取っ手を握ったまま、中途半端な体勢で彼女の広げた腕の中に

〇〇七

上体を傾ける。僕の左頬に自分の左頬をくっつけた彼女は、僕の右頬にキスをする。

何もしなくても目立つ彼女のそうしたしぐさは周囲の視線を集めたが、そんなことを気にするような女ではない。

「顔はもともと赤かったんだもんね」

赤くなった僕の顔を見て彼女はゲラゲラ笑う。子どもの頃、村の入口にある彼女の家に近づくと、僕は短距離選手のように走った。息を切らし上気した顔をして彼女の家の前を通った。

僕はスーツケースを引きずって先を歩く。スーツケースを引く音と彼女のハイヒールの音に合わせて僕の心臓が高鳴る。右の頬に残った彼女の跡を消そうとする風をよけて、僕は駐車場へ向かう。

「どうしたんだ?」

「少し休みたくて」

二十年前も彼女はこんなふうに僕を訪ねてきた。少し休みたくて。

彼女はソウルの大学に進学していて、僕は経済的にも成績もぱっとしない子が通う商業高校を出て、父の望みだった役場にも入れず、農協の営農係で働いていた。種

苗と肥料、農薬を扱う単純な仕事だった。商業高校を出たというより、商業高校の美術部を出たといったほうがいい僕にでもできる仕事だった。農作業も簿記も行政も知らなくても、きちんと月給をもらえるところが営農係だった。午前中の慌ただしい入庫と販売が終われば、昼食を食べて倉庫整理をした。肥料と農薬の臭いが充満する倉庫整理を好む人はいなかった。倉庫整理を引き受けて一時間ほど汗を流すと、堂々と外へ逃げ出すことができた。

「顔洗って、作物状況を見回ってきます」

とてもじゃないが営農指導という言葉は出なかった。作物状況の把握を口実に、山や野原に出かけ、スケッチブックを満たすことが唯一の慰めだった。大学生の彼女が訪ねてきた日も同じだった。東大川の堤防に座って東臺山(トンデサン)の山裾(やまそそ)に広がる野原をスケッチして帰るところだった。

退勤時間に合わせようと一生懸命自転車を漕いでいたら、農協側に曲がる市場通りの角に彼女が立っていた。ジーンズにTシャツ姿だった。ズボンをはいた彼女を見たのはそれが初めてだった。彼女を自転車の後ろに乗せて、向きを変え東大川のほうへと走った。早春のがらんとした野原を横切って走る間、僕の全神経は自分の腰に集中

○○九

していた。そっと僕の腰を掴んだ彼女の手を、僕は全身で感じることができた。

「休みたい」

鮎を追って浅瀬をじゃぶじゃぶ走り回っていた子どもたちが砂浜で体を乾かすのを見つめながら、彼女が言った。色褪せたジーンズとしわがよったTシャツよりくたびれた顔だった。その声と同じく馴染みのない彼女の瞳に夕焼けが宿っていた。彼女が学生運動に加わっているという噂を聞いたときのように、非現実的な感じがした。

「休んでいけよ」

乗ってきた農協の公務用自転車を柳の木に立てかけて、東大川の向こうへ傾きはじめる夕日を眺めながら僕は答えた。農道を走って下宿に戻った夕方、自転車の後ろに座った彼女は何も言わずに僕の腰を抱いて背中に頬をつけた。野原を横切る風が彼女の髪を僕の襟首になびかせた。その日、彼女の頬と髪の感触は僕の背中と首に残り、消えない記憶の一部となった。

「わー！ アン・オイ・カン（カン兄さん）」

車から降りるチョンミンを見たトゥイおばさんが、僕に向かって両手を広げ歓声を上げる。おばさんがそんな喜色を浮かべるのは、僕の家に女性が初めて足を踏み入れ

〇一〇

たからだけではないだろう。チョンミンは美しさや華やかさという言葉では足りない、あるものを持っている。木の葉もぴくりともしない淀んだ風景を揺らす風のように、彼女はいつも周囲の空気を揺らし、人々の視線をひきつけた。彼女はいかなる風景にも溶け込む女(ひと)ではなかった。一枚の絵から周辺の全てを背景に追いやり、彼女だけが生き生きと際立った。僕は今日も彼女の背景に追いやられる風景の一部になる。だから僕は、僕は……。彼女にふさわしい一対の絵として存在しない。ホテルは嫌だと、僕の家に行くと言い張る彼女に、僕はベッドのある三階の自分の部屋を明け渡した。

彼女は当然のことのように荷物を解く。長い髪をぐるぐる巻き上げてソファに深々と座り伸びをする彼女は、長い旅から戻ってきた女主人のように堂々としている。

「いいお家だね」

彼女は休むために数千キロもの距離を飛んできて、今まさに休もうとするところなのだ。僕はトゥイおばさんに三階の浴室にある洗面道具を二階に移してくれるよう頼む。二階にはこれまで使ったことのないゲストルームとホームバーがある。

「また絵を描いてるんだね」

彼女の一言が鋭く僕の耳に刺さった。休ませたほうがいいと思い、二階に下りよう

としていた僕は、その場に凍りついてしまう。アトリエは寝室と向かい合っていた。描いては途中でやめた絵がほとんどのアトリエを見回す彼女を、僕は直視することができない。僕は背を向け、寝室に解かれたままの彼女の荷物を整理する。スーツケースからはみ出した服とポーチをタンスの上にきれいに並べる。いつから見ていたのか、彼女が部屋の入口にもたれてそんな僕の姿を見てふっと笑う。一重まぶたの目に一瞬、茶目っ気のようなものが宿る。

「部屋が一つでなくてよかったね」

ジーンズ姿で訪ねてきた二十歳の彼女に下宿の部屋を譲って、僕は予備軍中隊に所属する防衛兵の部屋で世話になったり、安宿で寝たりした。あのときも今も、彼女から気まずそうだったり、すまなそうなそぶりは見受けられない。彼女が休みたかったときに訪ねてくれたのが僕だったことに、ただ胸が熱くなった。

食欲がないからと夕食をほとんどとらなかった彼女が心配になり、僕は尋ねる。

「体調が悪いと聞いたけど、もう大丈夫なのか？」

「ご覧のようにまったく。死ぬのも容易ではなくて」

「偏屈だな……」

〇一二

この小娘が、という言葉はまた飲み込まなければならなかった。そういえば少しやつれたと思った彼女の体が、ひときわ細く見える。毛細血管が浮き出ている手首は透明なほど白い。彼女の目が僕を見て笑っている。僕が彼女を拒めないことを知っている目。自分は何ともないという話を信じろと命令する目。しかし彼女は知っているだろうか。彼女ではなく、彼女のその確信に満ちた微笑みを失望させることができなくて、僕はいつも彼女にとっくに降参してしまっていることを。

「わたしの体調が悪いって、誰に聞いたの？」

「去年、同窓会に行ったんだ」

昨年秋の同窓会に彼女は現れなかった。彼女の体調が悪いという噂が行き交ったが、詳しい事情を知っている者はいなかった。一学年に一クラスしかなかった小学校の合同同窓会に、彼女は時おり出席した。ベトナムに赴任してからも毎年この同窓会に合わせて帰国したのは、彼女に会えるかもしれないという期待のためだった。

「ハノイでは何をするつもりだ？」

「サパに行く」

「いつ？」

〇一三

「明日」

　僕はカレンダーに目をやる。明日は三月二十七日、水曜日だ。三年前、合同同窓会に出席した僕がサパの三月二十七日の話をしたとき、その場にいた誰もが感嘆の声を上げてぜひ行きたいと言った。しかし、実際に来た者はいなかった。ラブマーケットの話に、唯一何の反応も見せなかったチョンミンが、今、僕の前で明日、サパに行くと言う。サパに行くには少なくとも三日が必要だ。そうか、行こう。処理しなければならない仕事や決まっているスケジュールについては考えないことにする。

　電話で列車を問い合わせる。サパ行きは夜間にしかない。今夜の汽車はすでに発っていて、明日の夜汽車に乗ると明後日の朝の到着になってしまう。

　翌朝七時半、家の前にジープが到着した。乾季の終わりだろうか。曇った空から霧雨が降っている。運転手のビンは韓国の歌謡曲をかけて僕たちを待っていた。愛がまたわたしを泣かせます……キム・ボムスの切ない歌がずっと流れる車は、午後一時を過ぎる頃、ラオカイ省に入った。草原が消えてくねくねした山道が延々と続く。道端にちらほら見える家の前には、販売目的で積まれた薪がいっぱいだ。民家を除けば、目につくのは製材所だけだ。いくら走っても信号はなく、対向車も珍しい道路で僕ら

〇一四

の車を止めたのは、のんびりと道を横切る犬と牛だ。道路の両斜面に沿って続く茶畑の風景にも退屈してきた頃、今度車を止めたのはなんと鶏だった。やつらはクラクションの音にも驚くことなく、りりしく道路を渡る。ハンドルを握ったビンはゆったりと鶏の横断を待つ。

「なんてりりしいの」

悠々とした鶏を眺めながら彼女はふっふっと笑う。

「水炊きでも食べようか」

昨日の夕方からほとんど食べていない彼女からは返事がない。道端で、みすぼらしい看板が吊るされているのがちょうど目に入る。ティエッツイ・サービスエリア。午後二時に近い時間だった。

客どころか店主も見えないサービスエリアに車を止めた。サービスエリア裏の小川で洗濯をしていた女主人は、いとも簡単にりりしい鶏二羽をとらえてきた。塩とニンニクだけで調理するよう注文する。彼女が今朝も何度か食べるふりをしてスプーンを下ろしたのは、ベトナム料理に欠かせないパクチーのせいではないかと思ったからだ。黄色いスープの水炊きが出てきた。足を一本ずつ分けて食べたが、絶品の肉質だ。

空腹だったのか彼女も足一本をほとんど食べた。口直しにラオカイビールを少し飲んだ彼女はけだるそうな目で僕を見つめる。

「わたし、この鶏をとらえてとは言ってないわ」

「もちろん、でも鶏が木のてっぺんについてなくてよかったよ」

おいしそう。木のてっぺんに一つ残っていた熟柿を見つめながら、八歳の彼女は目を輝かせた。あれはカササギご飯だ。カササギのためにわざと残してるんだよ。僕は言ったが、彼女は聞かなかった。わたし、食べたい、わたしが食べたいの。

僕が折れた枝と一緒に木から落ちたとき、彼女は唇をかみしめてから言った。わたし、取ってくれとは言ってない。そうだった。彼女は柿を取ってくれとは言わなかった。二十年前も彼女は匿（かくま）ってほしいとは言わなかった。ただ、休みたいと言っただけだ。

　ラオカイ駅に到着したのは四時二十五分だった。この土地が初めてである運転手のビンが、駅前で道を尋ねる。ラオカイの主要道路だというのに、ウェン・フェ通りは閑散としている。ガソリンスタンド前のロータリーにサパへの道標が立っている。十分ほど走っただろうか。山にさしかかり道路の幅が狭くなっていく。サパに上る曲

がりくねった山道で、夕焼けを背に薪を背負った子どもたちが下りながら手を振る。

ジープは息を切らしながら坂道を蹴り上がる。向かい側の山腹に装飾のように打ち込まれた小さな家と、道路の下の坂にへばりついたかわいらしい小学校が夕方の山陰に浸っていく。

「あの学校だね」

僕は驚く。三階のアトリエにある描きかけの絵の実物を、彼女はかすめる風景の中でも見逃さない。

「なぜ完成させないの?」

「……」

「それに人物は全部途中で終わってる。わたしがモデルになってあげようか? モデル料は要らないんだけど、どう?」

生意気な小娘が、と声を上げそうになるのを僕はかろうじて堪える。真っ白になった僕の顔を見た彼女は、嘲笑なのか失笑なのか分からない笑いを浮かべる。僕は反対

*2【カササギご飯】 柿の木のてっぺんについた実を鳥たちのためにいくらか残しておくこと。

側の窓の外へ視線をそらしてしまう。彼女が何かを知っていて言っているのか、ただ言ってみただけなのかが分からず混乱する。僕は彼女のほうに視線を戻すことができないのに、鼻唄を始めた彼女は陽気にさえ見える。

ハノイに来てふたたび絵筆をとったが、人物を描くところで僕はいつもつまずいてしまう。彼女は見たのだろうか。僕が二十年前に描いた彼女と彼女の恋人を。

その年の春、僕はソウルから来た捜査官たちと蔚山（ウルサン）の情報機関の取調室で一週間を共に過ごした。僕には一生より長い時間だった。彼らの口から彼女が加入していると
いう労働解放なんとか、という大層な組織の名前を初めて聞いた。彼女がどんな労働をしたことがあるのか、僕は知らなかった。いかなる労働もしたことのない彼女に、解放すべきどんな抑圧があるのかはもっと理解できなかった。しかし彼女が蔚山地域の公団労働者と農民、学生の連帯組織である労農学生同盟の責任者として派遣され、僕を農民側の総責任者とした組織図は、毎日枝をのばしていた。僕が持ちこたえたのはたったの二日だった。それも何かが分かったからではなく、彼らの話があまりにも非現実に聞こえたからだった。三日目からは浴槽に水を溜める音が聞こえるだけで何が知りたいのか、自分から尋ねた。僕が名前も聞いたことのない組織に加入し、野原 *3

〇一八

で働いている人々を描いた絵は農民解放を煽動するためのものだったとか、自動車工場で働いている息子の作業服を着た農民は、労農同盟の象徴だといったことはどうでもよかった。僕が耐えられなかったのは別のことだった。

「何回やった?」

「何をですか?」

「こいつ、イム・チョンミンと何回やったかと聞いてる」

「やってません」

それを否認するのは、僕が労農同盟を作る目的でもって計画的に農協に入ったということを否認するより難しかった。僕の部屋から押収された絵と画具を広げ、彼らの要求通り竹槍を持った農民を描いたが、僕が遊びで描いたヌード画の顔を彼女に描き替えることはできなかった。絵具をひっくり返され、死ぬほど殴られても。

僕は彼女を訪ねてきた先輩の顔を描くことで持ちこたえた。それでも最後には、彼

*3 【浴槽に水を溜める音が聞こえるだけで】 一九八七年一月、大学四年生だった朴鍾哲（パクチョンチョル）の拷問致死事件。尋問の際の水責めにより、浴槽の縁で胸部を圧迫され窒息死した。

〇一九

女を淫らなヌード画の主人公にしてしまった。そこで終われば僕は耐えられたかもしれない。彼女とその先輩を描かせた彼らは、その絵の前で僕をあざ笑った。やあ、まさに處容だな。さすが處容が生きた土地だよな。

彼女は窓から顔を出して土ぼこりの中に遠ざかる小学校のほうを振り返り、修学旅行に来た学生のように手を振る。僕はなびく彼女の髪から白いものを見つける。サパに向かう道は棚田と畑が続く。腕のいい刺身屋の大将が切ったように田んぼは空に向かって一段一段と上がっていて、ジープはその田畑の間を縫って猛獣のようにうなり空へと迫っていく。

一人の大学生の死が世を揺るがして僕は解放されたが、汚れた手でふたたび絵筆をとることはできなかった。それまでに描いた絵と画具は全部燃やした。農協に戻ったが、もう農作業の業務を担当することはできなかった。情報機関の圧力のためでも、いつ訪ねてくるか分からない捜査官が恐かったからでもない。

「なあ、若いお役人さん」

農村指導所の万年主任のパク氏が僕を訪ねてきたのは、ふたたび農協に出勤して三日目の昼頃だった。肩にはその日の朝、僕が販売した新品種の種籾(たねもみ)の袋を担いでいた。

*4 チョヨン

*5

「どういうつもりでこんなふうに種籾を売るんですかね」

五十代の彼は、僕が書記だということで敬語を使った。

「どういうことですか」

「ユン・ヨンチュルさんがどこに住んでいるか、知らないですか」

「知ってます。イファに住んでますが、それがどうしましたか」

「だったら、あの人の田んぼがどこにあるのか知っててこれを売ったんですか」

返事ができずにいる僕に向かって、年配の主任は舌打ちした。

「あの人の田んぼは冷たい水が湧くフェヤン谷にあるのに、そんな田んぼに猫いらずのようなこんな新種を渡すなんて、どういうつもりですか」

「ほしいと言うから渡しました」

*4【處容】　新羅の説話に登場する人物で、妻を犯す厄神を歌と踊りで祓ったことで有名。

*5【一人の大学生の死が世を揺るがして】　一九八七年六月、*3の朴鍾哲拷問致死事件に抗議するデモの際、戦闘警察が発射した催涙弾の破片を後頭部に受け、当時大学一年生の李韓烈が死亡する。その葬儀や反政府デモに全土から百六十万人が参加、大統領直接選挙制の導入と、反体制派政治家や政治活動家の赦免と復権を骨子とした「民主化宣言」が行われる。

○二一

主任はしばらく黙ったまま僕を見つめてから、力なく僕の前に種籾袋を下ろした。

「これ、開けただけだから、アキバリ*6に替えてください」

何も言えずに座っている僕の代わりに課長が倉庫からアキバリの種籾袋を持ってきた。種籾袋を担いで背を向けようとしていたパク主任が僕を見つめた。

「若いお役人さん。しっかりしてよ。この種籾一袋にあの家族の一年の仕事、七人家族が食べていけるかどうかがかかっているんですよ。考えてみてよ。人のものを盗むことだけが泥棒なのか？ ペンを転がして農民の汗が滲んだ金で月給受け取りながら、その人たちの腰が折れるようなことをするって、一体何よ？」

パク主任はもう敬語を使っていなかった。僕は呆然と座り、ガラス扉の向こうへ遠ざかる彼の後ろ姿を見つめていた。意味も分からないまま取調室の床で農民解放旗を描いて出てきた僕を泥棒だと言った彼の、少し曲がった背中と肩の種籾袋が僕の目に刻まれた。

田んぼから帰ってくる農民が道端で牛を追い、僕たちに道を開けてくれる。農民が背負った荷物を見つめながら、僕はパク主任の下がった肩を思い出す。農繁期には早朝、農民より先に起きて田んぼを見て回り、ズボンの裾に二桝の露をつけて出勤する

○二二

人だった。乾いた稲の葉を握って、僕より先に農薬倉庫の前で待つ人だった。白く焼けた稲の葉を僕に握らせ、これを持ってくる人にはウンカの薬をやって、他の似たような稲の葉を見せる人にはイネミズゾウムシの薬をやれと教えてくれたのは彼だった。区別がつかず首をかしげている僕に、今のところイネミズゾウムシはウォンジ平野だけだから、ウォンジから来たという人にはイネミズゾウムシの薬をやればいいと話してくれた彼はもういない。彼の訃報を聞いた昨年の冬、僕はハノイで一人酒を飲んだ。

これ以上泥棒になることができずに出した僕の辞表は、転勤辞令として戻ってきた。あのとき、僕が融資係に移らなかったら、彼女僕は営農係から融資係になっていた。あのとき、僕が融資係に移らなかったら、彼女との縁はそこで終わっただろうか。

「わたし」
「どこだ?」
歳月を無視して受話器の向こうから聞こえる彼女の最初の言葉は、あのときも〈わ

---

*6 【アキバリ】 日本の品種「秋晴」の韓国語訛り。

*7 【ズボンの裾に二桝の露をつけて出勤する人だった】 著者注。キム・ヒョンスの詩「朝露二桝」の中に、パク主任を想起させる「農村指導所の模範職員だった朴氏」が出てくる。

〇二三

たし〉だった。僕はそんなふうに、彼女がいきなり僕の日常を壊すことを予想でもしていたかのように、平然と彼女の所在を尋ねた。彼女に会えるかもしれないという期待が先行したが、彼女は他の都市で、他の男性の妻になっていた。もう彼女は休むために僕を訪ねてくることはできなかった。

「夫が訪ねていくわ」

　七年前、彼女の名義の果樹園を担保にローンの書類を取り次いだのは僕だ。彼女の両親から受け継いだ果樹園の鑑定額が膨らんでいるのを知らなかったわけではない。出世街道にいるという噂の彼女の夫が差し出した書類を返すことができなかった僕は、半分は自分の意志で、半分は組織の意志で海外事業団に移り、ベトナムまでやってきた。僕がローンの書類を返さなかったのは、彼女の電話のためではなく、僕がそうするだろうと信じている彼女を裏切ることができなかったからなのを、彼女は知っていただろうか。何をどうしてほしいという話はなかったから、彼女がすまないと思うことではなかった。それでもベトナムに発つときは、少し寂しかったかもしれない。電話くらいはできたのではないかと。

　予約したチャウロン・サパホテルに荷物をおろし、僕はロビーで彼女が下りてくる

のを待つ。サパ市場の下にあるチャウロンはサパの最も古いホテルだが、清潔で風情がある。何よりひと目で見下ろせるトゥイウェン方向の渓谷は、何度見ても魅惑的だ。

無料で出してくれる茶を手に彼女が下りてくる階段を見つめていたら、誰かが背後から肩をたたいた。彼女だった。いつの間にか原色の刺繍が施されたフモン族の伝統衣装に着替え、明るく微笑みながらくるっと回ってみせる。

「どう？」

「素敵だよ」

「じゃ、行こう」

長袖のシャツをはおってきたが、サパの夜はひんやりしている。教会を通り市場につながる坂道には露店が広がっている。料理を煮たり焼いたりする炭火の煙がもくもくと立ち上る屋台にはそれぞれ違う料理が並んでいるが、酒と串肉、竹ご飯はどの店にもある。

密造酒を売る露店の若い娘が僕に歌いかける。

「遠くから来たあなた、雲より高い山の村から来られましたか、湧き水の出る深い渓谷の村から来られましたか」

〇二五

ザオ族だと分かる模様の頭巾をかぶった娘の歌は、ラブマーケットで歌われる歌の最初の部分だった。

「美しいそなた、わたしの村はとても遠いです。太陽が九回昇るまで行かなければなりません。月が十回沈むまで行かなければなりません」

僕は娘の歌を受けながら、座椅子に座る。思いがけない返し歌に驚いた娘が僕に日本人かと尋ねる。僕は首を横にふり、もっと遠い国、太陽が九十九回昇るまで行かなければならず、月が百回沈むまで行かなければならない国、韓国からだと答える。

「遠くないわ。わたしの愛の歌が渡れない渓谷はない」

僕に酒瓶を渡しながらザオ族の娘は歌をつなげた。

「遠くないわ。わたしの愛の歌が越えられない山はない」

僕の返し歌に、娘は僕のそばのチョンミンに酒杯を差し出して艶やかな声で続きを歌う。

「わたしの愛が訪れる市は、夜が深まらなければ開きません。あなた、どうぞわたしのお酒をお受けください」

麹を発酵させて造ったサパの酒、ジオネップは甘美な香りがする。度数の強い酒な

〇二六

のに舌によくなじむ。ためらっていたチョンミンも僕が飲むのを見てから杯を空ける。

竹筒を割って中のおこわを酒のつまみにする。ハイネケンでもなく、ハノイビールでもなく、ラオカイビールでさえないジオネップを一気に飲み干す異邦人を見つけた楽士が、僕たちの前で足を止める。露店を巡回する楽士は、自らをボンだと名乗った。

フモン族だ。ギターのような伝統楽器ダン・グェットをたずさえた楽士のそばに立っている少年は、八歳の彼の息子だった。楽士のダン・グェットの演奏に合わせて少年は竹で作った木琴のダン・トゥルンをたたく。僕たちのために情熱的な愛の歌を演奏する少年の可愛らしい手さばきを、感嘆の目で眺めるチョンミンの視線を辿って、八歳の彼女を見る。

僕たちを悲しくさせてください。フモン族の楽士はつたない僕のベトナム語を聞き取れない。ダン・バウを聞かせてください。僕の言葉に、彼はようやくダン・グェットをおいて、肩にかけていた一弦琴を下ろす。

「私はあなたの娘の責任をとれません」

彼はダン・バウの弾き手に抗えない娘は多い、というベトナムのことわざを思い出させた。たった一弦の演奏で心を奪ってしまうのがダン・バウだからだ。

「心配しないで。彼女は僕の娘ではありません」

楽士の震える指先から奏でられるダン・バウの切ない旋律と、少年がたたくダン・トゥルンの清らかな響きに、チョンミンの視線がランプの灯りのように揺れる。夜は短く昼は長く、わたしたちの出会いはこんなにも短く、別れはまたあんなに長い。それでも訪れない夜はない。楽士親子の演奏に乗って流れる主人の娘の歌は、その題名通り切ない。〈長い別れと短い出会い〉、歌を聞いているチョンミンの眼差しは果てしなく遠くを見ているようだ。

楽士親子に竹筒のご飯を注文してやる。父にはお酒を、息子にはコーラと串肉を追加した。

クローネンブルグ1664・ブランというフランスのビールを飲みながら、興味深そうに僕たちを見つめていた隣の席のフランス人の男が僕に尋ねる。

「あなたたたも一年ぶりに会う恋人ですか」

僕は隣のチョンミンに答えをゆずる。

「わたしたちは今日初めて会ったの」

彼女の答えに男と横でタバコを吸っていた女性が歓声を上げ、親指を立てて見せる。

わお。

「私たちは毎年ここで会うの」

フランス人の男はそっと目を閉じる。ベトナム西北高原地帯の風景を見たい一念で、航空便もないサパまで訪れる熱心な旅行客はどれほどいるだろう。サパは空間ではなく時間であり、美しい風景ではなく切実な物語の年代記である。彼らも伝説になった愛を探し求め、地球の反対側からここまでやって来たのだ。しかし彼らの愛より、男が手にしたビール瓶と長い爪の女の指にかろうじて挟まれていたブラックデビルのタバコが目障りな僕は、サパまで来たクローネンブルグ・ブランの泡を抜いてしまいたくなる。

「だけど、これは本物ではないですもんね」

食事を終えて楽器をまとめる楽士と一緒に席を立ちながら、二人に投げかけた僕の何気ないひとことが問題になった。

「それって、どういう意味?」

チョンミンが聞いた。市場のほうから歌声が聞こえてきた。僕は早足で楽士の後を歩きながら何でもない、と答える。

○二九

「わたしは本物のラブマーケットに行きたい」

足を止めた彼女の目を見て、僕は呆然となる。彼女が意固地になってきた。

「本物のラブマーケットはもうないんだ」

「なら、わたしは行かない」

ここ西北山岳地帯で暮らしてきたフモン族とタイ族、ザオ族などの少数民族には、似たような結婚制度がある。適齢期になった娘は祭司を仲人に顔も知らない青年と結婚し、慣れ親しんだ山里を離れ、他所の村へと嫁がなければならない。けれども離れなければならないのは家族だけだろうか。山が高いからといって、恋しさの宿る場所はないだろうか。貧しいからといって、恋をしなかっただろうか。古い婚礼の伝統と律法を破ることは許されなかった。それでも家族や恋人を思い焦がれるあまり、若者たちが命を絶つことを防ぐことはできなかった。

ラブマーケットは絶えず続いた純愛の年代記によって生まれたものだ。若者たちの死を見るに耐えなかった少数民族の代表が集まって出した知恵が、ラブマーケットだった。一年に一回、恋しさをなだめ、恋焦がれた愛を満たすことが許された。その一日、山岳地帯の若者たちは辛い恋を探し求め、サパの市場に集まった。

僕はやむを得ず、僕たちを見つめているフモン族の楽士に本物のラブマーケットが開かれる場所を尋ねる。ラブマーケットが外の世界に知られるようになり、サパを訪ねてくる僕らのような旅行客が現れるようになった。そのうちラブマーケットは観光客のため毎週脚本によって演じられる公演のようになり、本物のラブマーケットは外部の目の届かない山奥へ隠れていった。

「観光客は本物のラブマーケットには行けません」

チョンミンはかっとなる。

「なぜ行けないの?」

「見物客は許されません。それはショーではありません」

「わたしは見物のためここへ来たんじゃありません」

楽士に向けていた視線を僕に向けてチョンミンが言う。

「わたしがなぜこの服を着ていると思う?」

チョンミンはフモン族の刺繍が施されたスカートの裾を広げて見せる。市場で聞こえてくる歌声がますます高まり、楽士は僕たちに挨拶をして背を向ける。彼女は曲げない。

「わたしは行かない。愛はなく、市場しかないラブマーケットには行かない」

僕は彼女の横で息子の手を握って遠ざかる楽士を見つめる。市場に曲がる角で少年が僕らに早く来るよう手招きする。だが、彼女は依然として動こうとしない。ここで僕にできることは何もない。僕はただぜんとして彼女の意地が、切迫した望みが危うくて仕方ない。本物のラブマーケットに行くという彼女の意地が、切迫した望みが危うくて仕方ない。本物のラブマーケットに行くという彼女の意地が、切迫した望みが危うくて仕方ない。見物人として来たわけではないならば、彼女は本当に愛を交わすため行くというのか。この女をどうすればいいのだろう。いや。問題は彼女ではない。僕をどうすればいいのだろう。僕は何をどうすればいいのか、狼狽える。

道に迷ったように立ち尽くしている僕らに向かって、楽士の息子が手を振って駆けつける。

「僕、知っています」

そうやって僕たちはトゥイェンの山奥で開かれるラブマーケットに行くことができた。車で行けるのは三十分ほどのところまでで、それから一時間は歩いたが、目的地にたどり着かない。あとどれくらいかと尋ねるたびに、楽士の答えは同じだ。あと少し。三十分前もそう言っていた。

○三二

四方を見回しても明かりなど見えない。大きくなる不安を抑えて、僕はスマートフォンのタッチパネルをさわってみる。相変わらず圏外の表示だ。四回も足を踏み外して倒れたチョンミンが息を切らして道に座り込む。月光に照らされた彼女の顔は青白く、額にはびっしょりと汗をかいている。

「どうしても無理だ。二人を信じることもできない。戻ろう」

彼女は首を横にふり、肩にかけたカバンを開ける。薬だ。

「それは？」

「ビタミン」

ビタミン剤は何錠かずつに小分け包装されないことくらい僕も知っている。

「水はない？」

僕は楽士に水を持っていないか尋ねる。ない、そこに行けば水がある。なぜか不親切に聞こえる彼の返事に、さらに不安がつのる。

「とても仲が良かった私の村の夫婦の話をしましょうか」

僕の目から警戒心を読み取ったのか、突然楽士が語り始める。

「毎年ラブマーケットが開かれる日、夫婦は朝早く手をつないで家を出ました。村を

出ると夫は体の弱い妻を牛の背中に乗せ、手綱を引いて歩きました」

楽士が話している間、少年が森の中に消えた。不安が高まったが、楽士の話は続いたが、僕は少年が消えた森の向こうに気を取られていた。チョンミンを止められなかったことを後悔した。今すぐにでもチョンミンを連れて戻りたいが、帰り道を探す自信がない。行き先を隠す闇は、通った道をすでに消している。

楽士の話が終わる前に、少年が闇を突き抜けて駆けてきた。僕は安心して息を吐き、楽士は話を続ける。

「ラブマーケットに着くと、夫婦も他の人のように互いの恋人を探すために別れました」

少年が息を切らしながらチョンミンにコーラ瓶を差し出した。カバンに入れてあった、僕が買ってやったコーラの空き瓶に水を汲んできたのだ。薬を口に入れたチョンミンが瓶を受け取る。僕は彼らを疑ったことが申し訳なくて、初めて楽士の話に相槌をうつ。

「互いの恋人に会った翌日はどうするんですか」

「夜が明けると、市場も終わります。日が昇れば、二人はまた会います。帰りは酔い

〇三四

が覚めていない夫を牛の背中に乗せて、妻が手綱を引きふらふらと同じ道を帰りま
す」

　ふたたび歩き出し小さな丘を越えたとき、遠くから歌声が聞こえてきた。その間、
チョンミンは二回も座り込んだが、それでも行くと言い張った。月光だけが足元を照
らす山道の先を歩く楽士に、僕は尋ねる。

「その夫婦は今日もあの市場で互いの恋人に会っているでしょうか」

「その妻はもうラブマーケットには行けません。この前の冬、あの世に行ってしまい
ました」

「それでは、その夫は？」

「……」

　それ以上聞くのではなかった。しかし好奇心で僕は口を開いた。

「その夫はラブマーケットに行かないんですか」

「ここにいるから、そこにはいないでしょう」

　ローイ、シンローイ。ごめんなさい、僕は何度も謝る。

「その夫は、そもそも市場で会う恋人などいませんでした。彼の恋は妻だけだったの

で。妻が恋人を探しに行った夜は酒だけが彼の友達になりました。朝が訪れるまで飲み続け、そしてダン・バウを弾き、夜が明ければ妻が引く牛に乗って家に帰りました。

彼の愛はラブマーケットにだけありませんでした」

危うく僕はチョンミンに涙を見せるところだった。楽士の後をついていく少年は、誰の子どもだろうか。歌声がだんだん近づいてくる。

僕たちは一枚の写真も撮らず、一字の記録もせず、一言も他言しないと誓って参加を許された。トゥイェンのラブマーケットでは踊りと歌が絶えなかった。酒が切れることもなかった。

鶏は朝を待って声の限り鳴き
小川は月を待ってさらさら音を立てて流れ
わたしは夜の市を待って愛を語ります

心からあなたを愛しています
声の限りにあなたを愛しています

〇三六

この人生が終わるまであなたを愛しています

石の上に花が咲くまで
石に根が生えるまで
わたしは待って、また待ちます

〈告白の歌〉はトゥイェンの森の隅々まで染み渡る。歌を交わし、踊っていた恋人たちが消えた森へチョンミンは僕を導いた。

「大丈夫だろうか」

僕は何を恐れて胸が高鳴っていたのだろう。彼女だろうか。それとも僕自身だろうか。

「あなたにはまだ大丈夫でない何かが残っているの？　わたしは本当に愛するものを後回しにしたまま人生を終わらせたくないの」

彼女は断固として言うが、僕は返事ができない。彼女が本当に愛するものの中に僕が入っているとは、僕にはとても確信できなかった。僕を愛しているという言葉を信

〇三七

じろと命令する目、彼女のその恍惚とした笑みと眼差しを、僕は拒むことができない。

「一年のうち、今日一日くらいは君を待ってもかまわないか」

僕は彼女の魔法にかかった十歳の、目の眩んだ少年のように無駄な呪文を唱える。

そう、一年にたった一日ぐらい、僕にも君を抱く資格があるんじゃないだろうか。それでもいいのではないだろうか。

「うん。でも、わたしに今日という日がもう一度許されるかしら、二回ほど許されればいいのに」

「何を言ってる、この小娘！」

小娘、僕はついにその言葉を吐き出してしまった。

目が覚めたのは明け方だった。隣のベッドで寝ている彼女の腕と脚は傷だらけだ。ベッドの間のテーブルにある彼女の小さいカバンには、薬がいっぱいだった。バルコニーに出て、トゥイェン方向の尾根を眺める。昨夜、気力が尽きた彼女を背負って帰ってきた道はどの辺りだろう。息がつまりそうだ。急な傾斜地にあるホテルとトゥイェンの間の深い谷は霧が立ち込めていて、峰だけが黒く姿を現している。僕は顔を上げて明け方の空を見つめる。いくつかの星が夜の最後の瞬

僕の腕と膝も変わらない。

〇三八

間を守る近衛隊となって死闘を繰り広げ、光を放っている。夜明けは星の目を避けてゲリラのように、山に沿って下りてくる。ある人はこの一日を待って、一年を耐え抜いただろう。ある人はこの一日の力で、また一年を生き延びるだろう。

彼女がこれまでに連れてきたものは、僕が何をもってしても対抗できるような相手ではなかった。しかし今回ほど、僕を無力にする相手はなかった。僕はこれから何を待って、どんな力で生きていけばいいのだろう。果てしなく、自信のない夜明けだ。

訳者解説

　一九六一年蔚山で生まれたパン・ヒョンソク（邦玄碩）は、中学のときに家族とソウルに移り、高校卒業後は中央大学の文芸創作学科に入学する。五月には「光州民主化抗争」（クァンジュ）（チュンアン）が起きた、一九八〇年春のことだ。当時の多くの大学生がそうであったように学生運動に参加し、壁紙やビラの文章を担当、学生会長にまでなった。そして学生運動を主導したことで警察に逮捕される。たまたま労働運動のため起訴された女子工員たちと一緒に裁判を受けることになったパンは、キャンパスや街頭では気づかなかった新たな現実を目の当たりにする。警察での取調べ過程や刑事の態度、そして裁判結果まで、何もかもが大学生である自分と彼女たちには大きな差があった。暴言と暴力が彼女たちに容赦なく降りかかり、学生を守ろうとする学校側と違って、会社は労働者に暴力をふるう側だった。

○四○

一九八六年、大学をやめたパンは仁川（インチョン）にある工場に入り、約十年間、労働運動に身を投じる。パン・ヒョンソク作品のキーワードの一つはここにある。独裁政権下で経済成長が最優先された時期、労働者は劣悪な環境で長時間労働と低賃金に苦しみながら、基本的な権利すら与えられなかった。そのため大学生や活動家たちが工場に入り、労働組合の理論や労働者の団結の必要性などを教えながら一緒に組合を作る動きがあったが、身分を隠しての就労ということで「偽装就業」と呼ばれ、刑事処罰の対象となっていた。社会主義思想を広め、社会を不安にさせるとの理由からである。

一九八八年、仁川地域労働組合協議会の幹事を務めていたパン・ヒョンソクは労組結成に関係したという理由で工場を解雇される。朝と夕方は工場に出かけタイムカードを押す「出勤闘争」をし、働けなくなった昼の時間に書いた短編「踏み出す第一歩は」で文壇にデビューする。翌年は製陶工場の女性労働者たちの百五十日間のストライキを描いた「明け方の出征」で大きな反響を呼び、八〇年代を代表する作家のひとりとなる。それまでの韓国の「労働文学」は、変革の目的

〇四一

や実践の意志が強調されるあまり個人の内面や情緒が取り除かれた作品、または労働者のありのままの日常が書かれているものの、内面的な省察が足りない手記のような作品が主流であった。パンの作品は、臨場感を持って労働者の多様な人間模様を感動的に描いたと高く評価された。

あるインタビューで労働者を描き続ける理由について、パンはどの時代にも最も美しい存在だと思うからだと答えている。彼らは悲惨な状況で人間的な生き方のために闘う人たちであり、そこから這い上がる人たちであり、汗を流して黙々と働き家族の生活を守り、社会を下から支える人たちだと。そうした人々の輝く瞬間を描こうとする作家の視線。それはいかなる関心も受けることなく消えゆくもの、誰の記憶にもとどめてもらえず忘れられてゆくもの、それらに心を寄せ記憶することが文学だという彼の文学観に由来する。

そうした著者の姿勢は、最新作『セウォル』にもそのまま現れている。二〇一四年四月十六日のセウォル号沈没事故三周忌に合わせて出版されたこの作品は、死者三百四人のうちまだ発見されずにいる五人の中の二人である父親と六歳の息子、その実在する家族をモデルにしている。その父親の妻であり息子の母親であ

るベトナム人の女性は唯一外国出身の犠牲者である。彼女の消息を聞いた父親と妹がベトナムから韓国を訪れるが、彼らには求める情報が十分に伝わらず、誤解や偏見の視線が向けられる。韓国中心のオリエンタリズムなのだ。同じ遺族でありながら悲しみからも疎外される人たち、事件の最も周辺にいる人たち、それが著者の目が届く場所である。

パン・ヒョンソク作品のもう一つのキーワードは、本作の舞台でもあるベトナムである。一九八七年に韓国は不完全ではあるものの一定の民主化をなしとげる。まもなく社会主義圏が崩壊し、世界は新自由主義体制で再編成され、国内の労働運動も衰退する。その激動の時代を通過しながら新たに彼の関心が向けられたのがベトナムであった。ベトナムは韓国と同じく冷戦構造のなか国が分断され、長い戦争を経て韓国とは異なる体制で統一された。その戦争に韓国は八年六ヵ月の間、三十二万人もの兵士を派兵している。著者にとってベトナムは、朝鮮半島の分断状況を客観的に見据え、アジアを通して世界を理解する鏡となる。ベトナムの体験は、「存在の形式」（二〇〇二）や「ロブスターを食べる時間」（二〇〇三）

のような、ベトナムの歴史を記憶すると同時に私たちの過去を振り返り、互いの理解と和解への道を模索する作品となり、『ハノイに星が浮かぶ』(二〇〇二)のような旅行記にもなった。そしてそうした関心は周辺アジアへと広がる。二〇〇六年からはアジア諸国の情緒と言語を理解し合い、アジアの目でアジアを読み込む趣旨で韓国語と英語からなる季刊『アジア』を発行し、アジアの神話や伝説を集めた『百個のアジアⅠ・Ⅱ』(二〇一四、キム・ナムイル共著)の出版として実り、話題となった。パン・ヒョンソクが、八〇年代を代表する作家でありながら二十一世紀の作家であると言われる所以である。

　二〇一三年、文芸誌『作家世界』に発表した「サパにて」には、アジアの物語を発掘する過程で現地を取材したラブマーケットのことが織り込まれている。サパはベトナムの首都ハノイから北西へ約三〇〇キロメートル離れた、標高一六〇〇メートルの山間部に位置し、美しい棚田の風景や華やかな民族衣装に身を包んだ少数民族の村が点在している。タブーを超え愛し合うことが許されるラブマーケットはとても文学的な空間である。

幼い頃少女に一目惚れした少年は、中年になった今でも電話の向こうの息遣いだけで彼女の存在に気づく。時代に翻弄され、癒すことのできない傷を互いに負わせたまま時が流れた。パン・ヒョンソク作品の多くの登場人物がそうであるように、二人は自らの過誤について言い訳をすることも相手を責めることもしない。たとえ間違いがあったとしても、それぞれの時間を精一杯生きてきたからだろう。

ベトナムの彼の元を訪れた彼女の身体が病気に蝕まれているのは、若い彼女が夢見ていた世界、その民主化の後の韓国社会に対する著者の認識だろうか。切実な由来を抱いたサパ、遠く離れた非現実的な空間で遅れを取り戻すかのように結ばれた二人は、心から互いを赦し、傷を癒すことができただろうか。たった一日の情熱で一年を耐え、その日の甘い記憶と期待で日々の苦痛を耐えられるようにする場所、サパ。私たちを生かすのは、そうした記憶と情熱かもしれない。

著者

パン・ヒョンソク（邦玄碩）

一九六一年蔚山生まれ。
中央大学と同大学院を卒業し、現在は母校の文芸創作科の教授。
一九八八年のデビュー以来、韓国現代史の激動の瞬間や
その時代を生きる人々の様子を個性的な文章で描いてきた。
短編集『明日を開く家』『ロブスターを食べる時間』や
長編『十年間』『彼らが私の名を呼んだ時』『あなたの左側』などがある。
申東曄文学賞、黄順元文学賞、呉永壽文学賞などを受賞した。

訳者

きむ ふな

韓国生まれ。韓国の誠信女子大学、同大学院を卒業し、
専修大学日本文学科で博士号を取得。
日韓の文学作品の紹介と翻訳に携わっている。翻訳書に
ハン・ガン『菜食主義者』、キム・エラン『どきどき僕の人生』、
キム・ヨンス『ワンダーボーイ』、ピョン・ヘヨン『アオイガーデン』
チョン・ミギョン『夜よ、ひらけ』（以上クオン）、
孔枝泳『愛のあとにくるもの』（幻冬舎）、津島佑子・申京淑
『山のある家 井戸のある家―東京ソウル往復書簡』（集英社）など、
著書に『在日朝鮮人女性文学論』（作品社）がある。
韓国語訳書の津島佑子『笑いオオカミ』にて板雨翻訳賞を受賞。

사파에서

"나야."

30분 전 그녀는 그렇게 말했다.

첫 번째 전화를 나는 여기 말로 받았다. 알로? 대답이 없었다. 알로? 분명 전화를 건 저편의 소음이 귓전을 울리는데 대답은 없었다. 그리고 뚝 전화가 끊어졌다. 휴대폰 화면에 찍힌 전화번호를 확인했다. 길고 낯선 번호였다. 비로소 나는 미세한 울림으로 귓전에 와 닿던 숨소리가 어딘가 익숙하다는 것을 느꼈다. 그리고 다음 순간 나를 휩싼 예감은 잠시 숨을 멎게 만들기에 충분했다. 두 번째 전화가 걸려왔다. 나는 우리말로 받았다. 여보세요? 역시 대답이 없었지만 나는 더 분명한 숨결을 느꼈다. 아니다. 내가 느낀 것은 숨결이기보다 어떤 향기에 더 가까웠다. 여보세요? 다시 불렀지만 전화는 끊겼다. 세 번째 전화는 한참 사이를 둔 다음, 목젖까지 차올랐던 이름을 부르지 못한 것을 내가 후회하고 있을 참에 걸려왔다. 서둘러 터치스크린을 밀고 그녀의 이름을 부르려고 했다. 그러나 내가 미처 말을 꺼내기 전에 저쪽에서 먼저 입을 뗐다.

"나야."

예감은 틀리지 않았다. 숨소리만으로 자신을 기억할 것을 요
구할 수 있는 사람은 세상에 그녀밖에 없었다. 그녀는 끝내 정
민이라고 말하지 않았다. 나야, 그건 자신이 나에게 어떤 설명도
필요치 않은 존재여야 한다는 그녀의 완강한 표현법이었다.

"어디야?"

"공항."

"어디?"

"여기."

정민, 그녀가 왔다. 나는 알 수 없다. 이 여자를 어떻게 해야
하나. 아니다. 문제는 그녀가 아니라 나다. 나를 어떻게 해야 하
나. 창밖으로 이정표가 지나간다. 공항 25km. 신도시 건설 사업
이 벌어지고 있는 들판을 가로질러 승용차는 거침없이 달린다.
모내기를 하는 들판의 한가한 풍경은 속도감을 증폭시킨다. 가
인을 어깨에 걸친 농부들이 빠르게 다가와서 뒤로 밀려난다. 뛰
듯이 걸음을 옮길 때마다 왕대로 만든 가인은 어깨를 축으로
춤추듯 휘청거린다. 그녀와 나 사이의 거리는 이제 10km, 10분
도 남아있지 않다. 그러나 나는 여전히 아무것도 알지 못한다.
거리가 줄어들고 시간이 다가온다고 해서 해결될 일은 애초부

터 없었다. 그녀와 나 사이에서 내가 무엇을 어떻게 해볼 수 있
었던 적은 한 번도 없었다. 처음 만났을 때도 그랬고, 20년 전에
도 그랬으며 7년 전에도 그랬고, 조금 전에도 그랬다.

"뭘 그려?"

목을 빼서 내 스케치북을 들여다보던 아홉 살 여자애가 열
한 살의 까까머리에게 물었다. 나는 바람에 흔들리는 여자애의
그림자를 훔쳐보며 퉁명스럽게 대답했다.

"보면 모르나, 가스나야."

내 시선이 그림자와 이어진 여자애의 발로 옮겨갔다. 동그스
름하게 파인 발등 위로 벨트가 붙은 까만 구두, 그 안에 앙증맞
은 조그만 발이 담겨 있었다. 고개를 들지 않고 내가 볼 수 있
었던 것은 하얀 스타킹을 신은 종아리까지였다. 스타킹을 신은
애를 본 것은 처음이었다.

"진짜 같다."

입안에서 터지는 별사탕처럼 가을 햇살을 가르며 퍼지는 그
녀의 목소리에 나는 고개를 들고 말았다.

"얼굴이 왜 빨갛지?"

"원래 글타, 가스ㄴ……"

그녀와 눈빛이 마주친 나는 말을 멈추었고, 그녀에게 하려던

가스나라는 말은 영원히 미완의 단어로 남았다. 다시는 그녀를 가스나라고 부를 수 없었다.

"맛있겠다."

아홉 살의 정민은 그림 속의 홍시를 보며 침을 꼴깍 삼켰다. 바람이 하얀 목덜미의 짧은 움직임을 지우고 지나갔다. 물방울 무늬의 원피스를 입은 여자애의 눈길이 내 스케치북에 그려진 감나무에서 우리 집 담장 밖으로 팔을 내민 감나무를 향했다. 쨍쨍하던 오후의 햇살을 한순간에 바래게 만드는 눈빛이었다. 계집애의 머릿결을 살랑살랑 흔든 바람은 열한 살의 나를 아득하게 만들었다. 바람이 풀어헤친 그녀의 향기는 내가 키우던 토끼 한 쌍, 자귀새 한 마리는 물론이고 내가 그리던 꽃과 나무, 그 어떤 것의 향기와도 닮아 있지 않았다. 그녀의 눈빛과 향기는 내게 그해 늦가을 햇빛의 속삭임과 바람의 그림자로 기억되었다.

"먹고 싶다."

감나무 꼭대기 높이 매달린 하나 남은 홍시를 보고 그렇게 말하는 그녀의 눈빛을 나는 거역할 수 없었다.

정민은 입국장 밖에 서 있다. 알이 큰 검은 선글라스를 머리에 걸친 채 하늘을 쳐다보고 있는 그녀를 나는 멀리서도 알아

볼 수 있었다. 방어적이면서도 도도하고, 어딘가 도발적인 자태는 변함이 없다. 나와 눈이 마주친 그녀는 피식 웃는다. 약간 여윈 듯해 보이는 뺨에 파이는 옅은 보조개가 어딜 가든 눈에 띄는 그녀의 외모를 더욱 도드라지게 만든다.

그녀의 체크무늬 원피스 옆에 서있는 연두색 여행가방의 손잡이를 뽑아드리려는 나를 그녀가 불렀다.

"강석우."

"버릇없긴……"

가스나가, 그 말은 오늘도 입 밖으로 나오지 못했다. 임정민, 이 가스나는 내가 얼마나 많이 이 단어를 입안으로 삼켜야 했는지 알 리 없다.

"매너 없긴. 이런데서 만나면 한 번 안아줘야 하는 거 아냐?"

나는 여행가방의 손잡이를 쥔 채 어정쩡하게 그녀의 펼친 팔 안으로 상체를 기울인다. 내 왼뺨에 자신의 왼뺨을 부빈 다음 그녀는 내 오른뺨에 입맞춤을 한다. 가만히 있어도 도드라지는 그녀의 행동이 주변의 시선을 집중시켰지만 그런 것을 아랑곳할 정민이 아니었다.

"원래 얼굴이 붉었었지."

붉어진 내 얼굴을 보고 그녀는 깔깔 웃었다. 마을 입구에 있

는 그녀의 집에 가까워지면 난 미리 단거리선수처럼 달렸다. 턱 밑에 찬 숨을 간신히 고르고 빨갛게 상기된 얼굴을 한 채 나는 그녀의 집을 지나치곤 했다.

나는 여행가방을 끌고 앞장서 걷는다. 가방의 바퀴소리 사이로 뒤따르는 그녀의 하이힐 소리에 맞춰 내 심장이 뛴다. 오른쪽 뺨에 남은 그녀의 흔적을 지우려는 바람을 비켜 걸으며 나는 주차장으로 향했다.

"어떻게 왔어?"

"좀 쉬고 싶어."

20년 전에도 그녀는 이렇게 나를 찾아왔었다. 좀 쉬고 싶어.

그녀는 서울에 있는 대학으로 진학을 했고, 나는 가정형편도 공부도 신통하지 않은 아이들이 다니는 상고를 나왔다. 아버지의 바람이던 면서기조차 되지 못한 채 나는 농협의 영농계 서기가 되었다. 종묘와 비료, 농약을 취급하는 단순한 일이었다. 상고를 나왔다기보다 상고 미술부를 나온 나에게도 어려운 일이 아니었다. 농사도, 부기도, 행정도 몰라도 꼬박꼬박 월급을 받을 수 있는 자리가 영농계였다. 입고와 판매가 분주한 오전이 지나면 점심을 얻어먹고 창고정리를 했다. 비료와 농약 냄새가 진동을 하는 창고정리를 내켜하는 사람은 아무도 없었다. 한 시간

정도 땀을 뻘뻘 흘리며 창고정리를 도맡아하고 나면 떳떳이 밖으로 내뺄 수 있었다.

"씻고, 작황 둘러보고 오겠심더."

차마 영농지도란 말은 쓰지 못했다. 작황파악을 구실로 산으로 들로 나돌아 다니며 스케치북을 채우는 낙으로 지내던 나날이었다. 대학에 다니던 그녀가 찾아왔던 날도 다르지 않았다. 동천강 둑에 앉아 동대산 자락 아래로 펼쳐진 중보들판을 스케치북에 담아서 돌아오던 나를 그녀가 기다리고 있었다.

퇴근시간에 맞추기 위해 자전거 페달을 부지런히 밟으며 달려오는데 농협 쪽으로 꺾어지는 시장통 모퉁이에 그녀가 거짓말처럼 서 있었다. 청바지에 티셔츠를 입고 있었다. 그녀가 바지를 입은 모습을 처음 본 날이었다. 자전거를 돌려 그녀를 뒷자리에 태우고 동천강으로 나갔다. 이른 봄의 빈 들판을 가로질러 중보들판을 달리는 동안 내 온 신경은 허리에 집중되었다. 조심스럽게 내 허리를 잡은 그녀의 손길을 나는 온몸으로 느낄 수 있었다.

"쉬고 싶어."

은어를 쫓아 얕은 강물을 첨벙거리며 뛰어다니던 아이들이 백사장으로 나와 몸을 말리는 풍경을 지켜보던 그녀가 말했다.

바랜 청바지와 구김이 간 티셔츠보다 지친 얼굴이었다. 목소리
만큼 생소한 그녀의 눈동자에 노을이 깃들고 있었다. 그녀가 운
동권이 되었다는 소문을 들었을 때만큼 비현실적인 느낌이었다.

"쉬었다가 가."

동천강 너머로 넘어가는 해를 바라보며 나는 대답했다. 우리
가 타고 온 농협의 공무용 자전거가 수양버들 둥치에 기대 서
있던, 오후와 저녁 사이의 시간이었다. 농로를 따라 면소재지의
하숙집으로 돌아오던 저녁, 자전거 뒷자리에 앉은 그녀는 말없
이 내 허리를 껴안고 등에 뺨을 기댔다. 빈 들판을 가로지르는
바람이 그녀의 머릿결을 흔들어 내 목덜미로 날려 보냈다. 그날,
그녀의 뺨과 머릿결의 촉감은 내 등과 목에 남아 지워지지 않
는 기억의 일부가 되었다.

"와! 안어이 강."

차에서 내리는 정민을 본 투이 아주머니가 나를 향해 두 손
을 펼쳐 보이며 감탄사를 터뜨린다. 내가 사는 집에 발을 들여
놓은 첫 번째 여자여서 그녀가 그렇게 반색을 하며 우리를 맞이
하지는 않았을 것이다. 정민에게는 아름다움이나 화려함이라는
말로는 부족한 어떤 것이 있었다. 방금 전까지만 해도 나뭇잎
하나 미동하지 않던 시들한 풍경을 흔들어 깨우는 바람과 같

이 그녀는 언제나 주변의 분위기를 흔들며 사람들의 시선을 잡아끄는 존재였다. 그녀는 어디에서도 풍경에 섞이는 여자가 아니다. 한 폭의 그림에서 주변의 모든 것들을 배경으로 밀어내며 그녀만이 살아 도드라졌다. 나는 오늘도 그녀의 배경으로 밀려나는 풍경의 일부가 된다. 그러니까 나는, 나는…… 그녀에게 어울리는 한 쌍의 그림으로 존재하지 않는 것이다. 호텔이 싫다며 내가 사는 집으로 가자고 고집한 그녀에게 나는 침대가 있는 3층의 내 방을 내주었다.

그녀는 아주 당연하게 짐을 푼다. 긴 머리칼을 뒤로 둘둘 말아 올려 묶고는 소파 깊숙이 몸을 묻으며 기지개를 켜는 그녀의 동작은 오랜 여행을 다녀온 안주인처럼 당당하다.

"집이 좋다."

그녀는 쉬기 위해 수천 킬로미터를 날아왔고, 이제 막 쉴 참인 것이다. 나는 투이 아주머니에게 내 방의 욕실에 있는 세면도구들을 2층으로 옮겨달라고 말한다. 2층에는 쓴 적이 없는 게스트 룸과 바가 있었다.

"다시 그림을 그리는구나."

그녀의 이 한 마디는 예리하게 내 귓전을 파고들었다. 휴식이 필요해 보이는 그녀를 뒤로 하고 2층으로 내려가려던 나는 그

자리에 얼어붙고 말았다. 화실은 3층 내 침실을 마주보고 있었다.

그러다 만 그림이 대부분인 화실을 둘러보는 그녀를 바라볼 수가 없었다. 나는 화실을 등지고, 침실에 풀어헤쳐둔 그녀의 짐을 정리한다. 그녀의 가방에서 빠져나온 옷과 파우치들을 서랍장 위에 보기 좋게 모양을 갖춰 배열해 놓는다. 언제부터 지켜보고 있었는지 방문턱에 기대선 그녀가 그런 내 모습을 말끄러미 바라보다 피식 웃는다. 쌍꺼풀 없는 눈매에 장난기가 스쳐지나간다.

"방이 하나가 아니어서 다행이네."

청바지를 입고 찾아온 스물한 살의 그녀에게 하숙방을 내주고 나는 예비군 중대에 근무하는 방위병의 자취방 신세를 지거나 여인숙에서 잤다. 그때도 지금도 그녀에게서 어색해하거나 미안해하는 기색은 조금도 엿볼 수 없다. 그녀가 쉬고 싶어졌을 때 찾을 사람으로 나를 선택해주었다는 것만으로도 나는 그저 가슴이 벅찼다.

생각이 없다며 저녁을 거의 먹지 않은 그녀가 걱정되어 나는 묻는다.

"아프다더니 이제 다 나았어?"

"보시다시피 멀쩡해. 죽는 것도 쉽지 않아."

"고약하게 말한다……"

가스나가, 하는 말은 또 입 안으로 삼켜져야 했다. 그러고 보니 약간 야위었을 뿐이라고 생각했던 그녀의 몸피가 유난히 길어 보인다. 실핏줄이 도드라져 보이는 팔목도 투명하리만치 말갛다. 그녀의 눈이 나를 보고 웃고 있다. 내가 자신을 거역하지 못하리라는 것을 이미 알고 있는 눈. 자신이 멀쩡하다고 말하는 것을 믿으라고 명령하는 눈. 하지만 그녀는 알고 있을까. 그녀가 아니라, 그녀의 그 확신에 찬 눈웃음을 실망시킬 수가 없어서 내가 그녀에게 늘 이미 항복하고 만다는 것을.

"나 아프다고 누가 그래?"

"지난해 동창회 갔더니 그러대."

그녀는 지난해 가을의 동창회에 나오지 않았다. 그녀가 아프다는 이야기가 오갔지만 자세히 아는 사람은 없었다. 한 학년이 한 반 뿐이었던 초등학교의 총동창회에 그녀는 가끔 참석을 했다. 내가 여기에 온 다음에도 해마다 동창회에 맞춰 한국에 들어간 것은 그녀를 볼 수 있을지도 모른다는 기대 때문이었다.

"하노이에서 뭘 할 거야?"

"사파에 가야지!"

"언제?"

"내일."

나는 달력을 본다. 내일이 3월 27일, 수요일이다. 3년 전 동창회에서 내가 사파의 3월 27일을 얘기했을 때 그 자리에 앉은 거의 모든 사람이 탄성을 터뜨리며 꼭 한 번 오고 싶다고 했다. 그러나 어느 누구도 온 사람은 없었다. 사랑시장 얘기를 듣고 유일하게 아무런 반응을 보이지 않았던 정민이 지금 내 앞에서 내일, 3월 27일에 사파에 가겠다고 말하고 있다. 사파에 다녀오기 위해서는 최소 사흘이 필요하다. 그래, 가자. 처리해야 할 일과 잡혀있는 일정은 생각하지 않기로 한다.

전화로 기차표를 알아보았다. 사파로 가는 기차는 야간에만 있었다. 오늘 기차는 이미 출발을 한 다음이었고, 내일 밤 기차를 타면 모레 아침에나 도착할 수 있었다.

아침 7시 30분, 집 앞에 지프가 도착했다. 건기의 끝인가. 흐린 하늘에선 이슬비가 내린다. 운전기사 빈은 한국가요를 틀어놓고 우리를 맞이한다. 사랑이 또 나를 울게 하네요......김범수의 노래가 구슬프게 이어졌고, 오후 1시를 넘길 무렵 우리는 라오까이성에 들어선다. 들판은 사라지고 구불구불한 산길만 하염없이 이어진다. 길가에 드문드문 있는 집 앞에는 팔기 위해 내

놓은 장작더미만 소복하다. 민가를 제외하면 눈에 뜨이는 집이라곤 목재소뿐이다. 아무리 달려도 신호를 만날 수 없고, 마주오는 차도 드문 도로에서 우리의 차를 멈춰 세우는 것은 태평스럽게 길을 가로지르는 개와 소가 전부다. 길 좌우의 비탈을 따라 이어지는 차밭의 풍경마저 지루해지던 참에 우리의 앞길을 가로막는 것은 어이없게도 닭들이다. 녀석들은 경적을 울려도 놀라지 않고 늠름한 보폭으로 도로를 가로지른다. 운전대를 잡은 빈은 느긋하게 닭들의 횡단을 기다린다.

"그놈들 참 늠름하네."

유유자적하게 도로를 횡단하는 닭들을 바라보며 그녀는 풋풋 웃는다.

"백숙 한 그릇 하고 갈까?"

어제 저녁부터 거의 먹은 것이 없는 그녀는 대답이 없다. 마침 길가에 매달린 허술한 간판이 내 눈에 들어온다. 티엣투이 휴게소. 오후 2시가 가까운 시간이었다.

손님은 물론, 주인마저 보이지 않는 휴게소에 차를 세웠다. 휴게소 뒤로 흐르는 개울에서 빨래를 하던 주인여자는 어렵지 않게 늠름한 닭 두 마리를 잡아왔다. 소금과 마늘만 넣고 삶아달라고 특별 주문을 했다. 그녀가 오늘 아침에도 흉내만 몇 번 내

다가 수저를 내려놓은 이유가 베트남 음식에 빠지지 않는 향차이 냄새 때문일 것이라고 나는 짐작했다.

노란 국물과 함께 백숙이 나온다. 다리를 하나씩 나누어 들었는데 육질이 일품이다. 시장했던지 그녀도 다리 하나를 거의 다 먹었다. 라오까이 맥주를 두어 모금 홀짝이며 입가심을 한 그녀는 나른한 눈으로 나를 바라보았다.

"내가 이 닭 잡자고 하지 않았어."

"그럼, 그래도 닭이 감나무 꼭대기에 매달려 있진 않아서 다행이네."

맛있겠다. 감나무 꼭대기에 매달린 하나 남은 홍시를 바라보며 아홉 살의 그녀는 눈을 빛냈다. 저건 까치밥이야. 까치를 위해서 일부러 남겨둔 거야. 내가 그렇게 말했지만 그녀는 듣지 않았다. 내가 먹고 싶다고, 내가 먹고 싶다니깐.

부러진 가지와 함께 내가 그 감나무에서 떨어졌을 때 그녀는 입을 앙다물고 말했다. 내가 따달라고 하지 않았어. 그랬다. 그녀는 까치밥을 따달라고 말한 적이 없었다. 20년 전에도 그녀는 숨겨달라고 한 적이 없었다. 다만, 쉬고 싶다고 했을 뿐이었다.

라오까이역에 도착한 것은 4시 25분이었다. 초행인 기사 빈이 역전에서 길을 묻는다. 라오까이의 주도로인데도 우웬 휘 거리

는 한적하다. 주유소 앞 로터리에 사파로 가는 이정표가 서 있
다. 10분쯤 달렸을까. 산으로 접어들며 도로의 폭이 줄어들었
다. 사파로 올라가는 굽이굽이 산길에서 나무등짐을 맨 아이들
이 노을을 등지고 내려오며 손을 흔든다. 지프는 가쁜 숨을 몰
아쉬며 언덕길을 차고 올라간다. 건너편 산중턱에 장식처럼 박
힌 작은 집과 도로 아래 언덕에 붙어있는 앙증맞은 초등학교는
저녁의 산그늘에 잠겨가고 있다.

"저 학교구나."

나는 놀란다. 그리다 말고 3층 화실에 방치해둔 그림의 실물
을 그녀는 스쳐가는 풍경 속에서 놓치지 않고 찾아냈다.

"왜 마저 그리지 않았어?"

"……"

"인물은 왜 죄다 그리다 말아? 내가 모델 한 번 돼 줄까? 모델
료는 안 받아도 되는데. 어때?"

미친 가스나, 라는 고함이 터져 나오려는 걸 나는 간신히 참
았다. 하얗게 질린 내 얼굴을 보며 그녀는 비웃음인지 실소인지
알 수 없는 웃음을 터트린다. 나는 반대편 창밖으로 시선을 돌
려 버린다. 그녀가 뭘 알고 하는 말인지, 그냥 툭 던져본 말인지
알 수 없어 혼란스럽다. 나는 그녀를 다시 쳐다볼 엄두가 나지

않는데, 콧노래를 흥얼거리기 시작한 그녀는 심지어 명랑해 보이기까지 한다.

하노이에 와서 다시 붓을 잡았지만 그림이 인물에 이르면 나는 번번이 뒤로 물러서고 말았다. 그녀는 보았을까. 내가 20년 전에 그렸던 그녀와 그녀의 연인을.

그해 봄, 서울에서 내려온 수사관들과 나는 울산의 분실에서 일주일을 보냈다. 나에게는 일생보다 긴 시간이었다. 그들의 입을 통해 나는 그녀가 가입했다는 '노동해방'이란 말로 시작되는 거창한 조직의 이름을 처음 들었다. 나는 그녀가 어떤 노동을 해본 적이 있는지 알지 못했다. 어떤 노동도 해본 적이 없는 그녀에게 해방되어야 할 어떤 억압이 있었는지는 더욱 알 수 없었다. 그렇지만 울산지역의 공단노동자와 농민, 학생의 연대조직인 노농학생동맹의 조직책으로 파견되어온 것이 그녀고, 내가 농의 총책으로 그려진 도표는 하루하루 가지를 쳤다. 내가 버틴 것은 고작 이틀이었다. 그것도 무엇을 알아서가 아니라 그들의 말이 너무나 비현실적으로 들렸기 때문이었다. 사흘째부터는 욕조에 물 받는 소리만 들려도 나는 그들에게 필요한 것이 무엇인지를 먼저 서둘러 물었다. 내가 이름도 들어본 적이 없던 조직에 맹원으로 가입하고, 들판에서 일하는 사람들을 그린 내 그림

이 농민해방을 선동하기 위한 것이었다거나 자동차공장에 다니는 아들의 작업복을 입은 농부는 노농동맹의 상징이라거나 하는 따위는 어떻게 되어도 상관없었다. 내가 견딜 수 없었던 것은 다른 것들이었다.

"몇 번 했어?"

"뭐로요?"

"임정민이랑 몇 번 했냐고, 임마."

"없심더."

그것을 부인하는 것은 내가 노농동맹을 만들 목적을 가지고 계획적으로 농협에 침투했다는 것을 부인하는 일보다 어려웠다. 내 하숙방에서 압수해온 그림과 화구들을 펼쳐놓고 그들이 요구하는 대로 죽창을 든 농민은 그렸지만 내가 장난삼아 그려두었던 음란한 누드화의 얼굴을 그녀로 바꾸어 그릴 수는 없었다. 물감을 다 뒤집어엎고, 또 죽도록 맞았다.

그리고 나는 그녀를 찾아왔던 선배의 얼굴을 그려주고 버텼다. 그리고도, 끝내는 그녀를 음란한 누드화의 주인공으로 만들고야 말았다. 그것으로만 끝났어도 나는 견딜 수 있었을지 모른다. 그녀와 그녀의 선배를 한 화폭에 그려 넣도록 만든 그들은, 그림을 앞에 두고 나를 비웃었다. 야, 처용이 따로 없네. 역시 처

용이 살았던 땅이라 달라.

그녀는 창밖으로 목을 내밀어 흙먼지 속으로 멀어지는 초등학교를 돌아보며 수학여행 온 여학생처럼 손을 흔든다. 나는 흩날리는 그녀의 머릿결에서 흰 새치를 본다. 사파로 올라가는 내내 계단식 논과 밭이 이어진다. 솜씨 좋은 횟집 주방장이 칼로 저며 놓은 것처럼 논은 하늘을 향해 한 계단 한 계단 층층이 위로 올라가고, 그 논밭들 사이를 비집고 우리를 태운 지프는 맹수처럼 으르렁거리며 하늘로 육박해간다.

한 대학생의 죽음이 세상을 뒤흔들면서 나는 풀려났지만 더러운 손으로 다시 붓을 잡을 수는 없었다. 남은 그림과 화구들을 다 불태워버렸다. 농협으로 돌아왔지만 농사 업무를 담당하는 일을 더는 할 수 없었다. 기관의 압력 때문도, 언제 다시 찾아올지 모르는 기관원이 무서워서도 아니었다.

"보소, 젊은 서기."

농촌지도소의 만년 주사 박씨가 나를 찾아온 것은 내가 농협에 다시 출근한 지 사흘째 되던 점심 무렵이었다. 그의 오른쪽 어깨에는 아침에 내가 판 신품종 볍씨 자루가 얹혀있었다.

"우짜자고 볍씨를 이래 팔았는교?"

오십줄의 박주사는 내가 명색이 서기라고 말을 올렸다.

"와요?"

"윤영출씨가 어느 마실 사람인지 모리는교?"

"암더, 이화에 안 사는교. 와요?"

"그라머 그 사람이 논이 어디 붙었는지 알고 이걸 팔았는교?"

대답을 하지 못하는 나를 향해 늙은 주사는 입맛을 쩝쩝 다셨다.

"그 사람 논은 다 찬물 나는 훼양골에 있는데, 찬물 나는 논에는 쥐약인 이 신품종을 주머 우짜는교?"

"줄라카이까 줬지요."

늙은 주사는 한동안 말없이 나를 바라보다가 힘없이 내 앞에 볍씨 자루를 내려놓았다.

"이거 뜯기만 한 거 도로 들고 왔인까네, 아끼바리로 바꽈주소."

허깨비처럼 앉아 있는 나 대신 과장이 창고에서 아끼바리 볍씨 한 자루를 꺼내왔다. 볍씨 자루를 받아 메고 돌아서려던 박 주사가 나를 바라봤다.

"젊은 서기. 단디 하소. 이 볍씨 한 자리에 그 집 한 해 농사, 일곱 공기의 목구멍이 달리가 있다는 거 생각커 보소. 나무꺼 도디키묵는 거만 도둑질이겠나. 펜대 굴리며 농민들 땀 절은 주

미에서 나온 돈으로 월급 받으면서 농사짓는 사람들 허리 공구는 일을 하며 그기 뭐가 되겠노."

박주사는 더 이상 나에게 말을 올리지 않았다. 나는 허깨비처럼 앉아 유리문 밖으로 멀어지는 그의 뒷모습을 지켜보았다. 뜻도 모른 채 분실의 바닥에 엎드려 농민해방 깃발을 그리고 나온 나를 도둑이라고 한 그의 어깨에 얹힌 볍씨 자루와 구부정한 등이 내 눈에 박혔다.

논에서 돌아오는 농부들이 길가로 소를 몰아 우리에게 길을 내준다. 농부들이 등에 진 짐을 바라보며 나는 박주사의 처진 어깨를 떠올린다. 농사철이면, 이른 새벽, 농부들보다 먼저 일어나 들판을 휘둘러보고 바짓가랑이에 이슬 두 말은 묻혀 출근을 하는 사람이 그였다. 마른 볏잎을 손에 쥐고 나보다 먼저 농약 창고 앞에서 기다리는 사람도 그였다. 하얗게 탄 볏잎 끊어다가 내게 쥐어주며 이거 갖고 오는 사람은 멸구 약 주고, 다른 비슷한 볏잎을 보여주며 이거 갖고 오는 사람은 물바구미 약 주라고 일러주는 사람도 그였다. 구별이 되지 않아 고개를 갸웃거리는 내게 물바구미는 원지들판에만 들었으니 원지에서 왔다는 사람이 아니면 무조건 멸구 약을 주라고 일러주던 그는 이제 세상을 떠나고 없다. 그의 부음을 전해들은 지난해 겨울 나는 하노

이에서 술을 마시며 홀로 외로웠다.

차마 도둑놈이 될 수는 없어 낸 나의 사표는 전보발령이 되어 돌아왔다. 영농계에서 융자계로 전보였다. 내가 그때 융자계로 옮기지 않았다면 그녀와의 인연은 거기에서 끝이 났을까.

"나야."

"어디야?"

세월을 뚝 잘라먹으며 전화기 너머로 들려오는 그녀의 첫 마디는 그때도 '나야'였다. 나는 그녀가 그렇게 불쑥 내 일상을 조각낼 것을 예상이라도 하고 있었다는 듯 아무렇지도 않게 그녀의 소재를 물었다. 혹시라도 그녀를 볼 수 있을지 모른다는 기대가 앞섰지만 그녀는 다른 도시에서, 다른 남자의 아내로 살아가고 있었다. 그녀는 더 이상 쉬러 올 수 없었다.

"남편이 찾아갈 거야."

일곱 해 전, 그녀 명의 과수원을 담보로 한 대출 서류를 올린 건 나였다. 그녀의 부모로부터 물려받은 과수원의 감정가가 부풀려진 것을 모르지 않았다. 승승장구한다는 소문이 들리던 그녀의 남편이 내민 서류를 되밀 수 없었던 나는 자의 반 타의 반으로 해외사업단으로 옮겼고, 울산을 떠나 베트남까지 왔다. 내가 대출 서류를 되밀지 않았던 것은 그녀의 전화 때문이 아

니라 내가 그렇게 하리라는 그녀의 믿음을 깨뜨릴 수 없었기 때문이라는 걸 그녀는 알았을까. 무엇을 어떻게 해달라고 말한 건 없었으니까 그녀가 미안해할 일은 없었다. 그런데도 베트남으로 떠나올 땐 조금 서운한 마음이 들었던 것도 같다. 전화 한 통 정도는 해줄 수도 있었으련만.

예약해둔 쩌우롱 사파호텔에 여장을 푼 나는 로비에서 그녀가 내려오기를 기다린다. 사파 시장 아래에 있는 쩌우롱 사파는 사파에서 가장 오래된 호텔이지만 깔끔하고 운치가 있다. 무엇보다 투엔 방향의 계곡이 한눈에 내려다보이는 바깥 전경은 언제 보아도 매혹적이다. 무료로 내주는 차를 손에 들고 그녀가 내려올 계단을 지켜보고 있는데 누군가 뒤에서 내 어깨를 친다. 그녀다. 어느새 원색 자수가 놓인 흐멍족의 전통의상을 사 입은 그녀는 환하게 웃으며 한 바퀴 빙글 돌아 보인다.

"괜찮아?"

"멋져."

"그럼 가."

사파의 밤은 서늘하다. 긴팔 옷을 껴입고 나왔는데도 그렇다. 성당을 거쳐 시장으로 이어지는 경사진 길에는 길게 노점이 펼쳐져 있다. 음식을 익히고 굽는 숯불연기가 모락모락 피어나는

좌판에는 제각기 다른 음식이 놓여있지만 술과 꼬치고기, 대나무밥은 어느 집에나 있는 필수 품목이다.

밀주를 파는 노점의 젊은 아가씨가 나를 향해 노래를 던진다.

"멀리서 온 그대, 구름보다 높은 산이 있는 마을에서 오셨나요, 샘물이 솟아오르는 깊은 계곡이 있는 마을에서 오셨나요?"

자오족임을 표시하는 문양의 모자를 쓴 젊은 아가씨가 던지는 노래는 사랑시장에서 주고받는 노래의 첫 구절이었다.

"아름다운 그대, 제 마을은 아주 멀어요. 해가 아홉 번 뜰 때까지 가야 하지요. 달이 열 번 질 때까지 가야 하지요."

나는 아가씨의 노래를 받으며 앉은뱅이 의자에 앉는다. 뜻밖의 화답에 깜짝 놀라며 아가씨는 나에게 일본인이냐고 묻는다. 나는 고개를 저으며 더 먼 나라, 해가 아흔아홉 번 뜰 때까지 가야하고 달이 백 번 질 때까지 가야 하는 나라 한국에서 왔다고 대답한다.

"멀지 않아라, 내 사랑의 노래가 건너지 못할 계곡 없어라."

내게 술병을 내주며 자오족 아가씨는 노래를 이었다.

"멀지 않아라, 내 그리움의 노래가 넘지 못할 산은 없어라."

내 화답에, 아가씨는 내 옆에 앉은 정민에게 술잔을 내밀며 낭창낭창 노래를 이어간다.

"내 사랑이 오는 시장은 밤이 깊어서야 열리지요. 그대 여기 내 술 한 잔 받아요."

누룩을 발효시켜 만든 사파의 전통주 지오넵의 향기는 감미롭다. 도수가 만만치 않은 술인데도 혀에 착 감긴다. 주저하던 정민도 내가 마시는 것을 보고는 잔을 비운다. 밥은 대나무 안에 들어 있다. 대나무 통을 쪼개서 그 안에 익어 있는 찰밥을 꺼내 우리는 술안주로 삼는다. 하이네켄도 아니고 하노이 맥주도 아닌, 라오까이 맥주조차 아닌 지오넵을 한 입에 털어넣는 이방인을 발견한 악사가 우리 앞에 멈춰 선다. 노점을 순례하는 거리의 악사는 자신의 성을 벙이라고 소개한다. 흐몽족이었다. 기타 모양의 전통악기 당응윗을 든 악사의 옆에 붙어서 있는 아홉 살 소년은 그의 아들이었다. 악사가 당응윗을 치는 사이사이로 소년은 대나무로 만든 실로폰, 단트룽을 두드린다. 우리를 위해 정열적인 사랑 노래를 연주하는 소년의 앙증맞은 손을 경이롭게 바라보는 정민의 눈빛에서 아홉 살의 그녀를 본다.

우리를 좀 슬프게 해주세요. 흐몽족인 그는 신통치 않은 내 베트남어 발음을 잘 알아듣지 못한다. 단버우를 들려달라구요. 내가 그렇게 말하자 그는 비로소 당응윗을 내려놓고 어깨에 메고 있던 일현금을 벗어든다.

"난 당신의 딸을 책임지지 못해요."

그는 내게 딸을 버리려면 단버우를 들려주라는 베트남 속담을 환기시켰다. 단 한 줄의 여율로 마음을 빼앗아가는 악기가 단버우였기 때문이다.

"걱정 마세요. 이 여인은 내 딸이 아니라오."

악사의 떨리는 손끝에서 울려나오는 단버우의 간절한 선율과 소년이 치는 단트롱의 청아한 음향에 정민의 시선은 남폿불처럼 흔들린다. 밤은 짧고 낮은 길어 우리 만남은 이토록 짧고 이별은 또 저토록 길어라. 그래도 오지 않는 밤은 없어라. 악사 부자의 연주를 타고 흐르는 주인 아가씨의 노래가 제목처럼 애달프다. 긴 이별 짧은 만남, 노래를 듣는 정민의 눈빛이 아득하다.

부자 악사에게 대통밥을 시켜주었다. 아버지에게는 술 한 잔을, 아이에게는 콜라와 꼬치 한 줄을 추가했다.

프랑스 맥주 크로넨버그 1664 블랑을 홀짝거리며 우리를 흥미로운 눈길로 지켜보고 있던 옆 자리의 프랑스인 남자가 나에게 묻는다.

"당신들도 일 년 만에 만나는 연인인가?"

나는 고개를 돌려 정민에게 대답을 미룬다.

"우린 오늘 처음 만났다."

그녀의 대답에 프랑스인 남자의 옆에 앉아 담배를 피우던 여성이 탄성을 터뜨리며 엄지를 내민다. 와우.

"우린 매년 여기에서 만나지요."

프랑스인 남자는 지그시 눈을 감는다. 하긴 베트남 서북고원지대의 풍광을 보겠다는 일념으로 항공편도 없는 사파까지 찾아오는 부지런한 여행객이 얼마나 있겠는가. 사파는 공간이 아니라 시간이고, 아름다운 풍경이 아니라 간절한 이야기의 연대기인 것을. 그들도 전설이 된 사랑을 찾아 지구 반대편에서 여기까지 찾아온 것이다. 그런데 그들의 사랑이 아니라 남자의 손에 들린 맥주병과 여자의 긴 손톱 사이에 아슬아슬하게 끼어 있는 검은 담배 블랙데빌이 눈에 거슬린 나는 사파까지 온 크로넨버그 1664 블랑의 김을 빼버리고 싶어졌다.

"그렇지만 이건 진짜가 아닌걸요."

요기를 마치고 악기를 챙겨드는 악사를 따라 일어서며 내가 그들에게 툭 던진 한 마디가 화근이었다.

"그게 무슨 말이야?"

그렇게 물은 건 정민이었다. 시장 쪽에서 노랫소리가 들려오기 시작했다. 나는 서둘러 악사를 따라 걸으며 별말 아니라고 대답한다.

"난 진짜 사랑시장에 가고 싶어."

걸음을 멈춘 그녀의 눈빛을 보고 나는 멍해진다. 그녀의 고집이 시작되었다.

"진짜 사랑시장은 이제 없어."

"그럼, 난 가지 않겠어."

이곳 서북산악지대에서 마을을 이루고 살아온 흐멍족과 짜이족, 자오족을 비롯한 소수민족들은 비슷한 혼인제도를 가지고 있다. 적령기가 된 처녀는 마을 제사장의 중매를 통해 얼굴도 모르는 청년과 결혼을 하고 정든 산자락을 뒤로한 채 낯선 마을로 떠나야 한다. 떠나야 하는 것이 정든 집뿐이겠는가. 가난하다고 사랑이 없겠는가. 산이 높다고 그리움이 깃들 곳 없겠는가. 오래된 혼례전통과 율법을 어기는 것은 어떤 젊은이들에게도 용납되지 않았다. 그러나 정든 집과 사랑하는 사람을 그리워하며 자신의 목숨을 버리는 것마저 막을 수는 없었다.

사랑시장은 끊임없이 이어진 순정의 연대기가 탄생시킨 것이었다. 젊은이들의 죽음을 더 이상 방치할 수 없었던 소수민족의 대표들이 모였고, 그들이 내놓은 지혜가 사랑시장이었다. 한 해에 한 번, 그리움을 달래고 허기진 사랑을 채우는 것을 허용한다. 그 하루, 서북산악지대의 젊은이들은 아픈 사랑을 찾아 사

파의 시장으로 모여들었다.

나는 어쩔 수 없이 우리를 지켜보고 서 있는 흐멍족 악사에게 진짜 사랑시장이 어디에서 열리는지 묻는다. 사랑시장이 밖으로 알려지면서 사파를 찾아오는 나 같은 여행객들이 하나둘 생겨났다. 그러면서 사랑시장은 관광객을 위해 매주 각본에 따라 진행하는 공연처럼 되었고, 진짜 사랑시장은 외부인의 눈길이 닿지 않는 깊은 산속으로 숨어 들어가 버렸다.

"관광객은 진짜 사랑시장에 갈 수 없어요."

정민은 발끈한다.

"왜 안 된다는 거야?"

"구경꾼은 허용하지 않아요. 그건 쇼가 아니거든요."

"난 구경하러 여기 온 게 아니에요."

악사를 향했던 시선을 내게 돌리며 정민이 덧붙인다.

"내가 오늘 이 옷을 괜히 입은 줄 알아?"

정민은 자신이 입은 흐멍족의 자수가 들어간 치맛자락을 펼쳐 보인다. 시장에서 들려오는 노랫소리가 점점 높아지고 악사는 우리를 향해 인사를 하며 돌아선다. 그녀는 고집을 꺾지 않는다.

"난 가지 않겠어. 사랑은 없고 시장만 남은 사랑시장 따위엔

가지 않겠어."

　나는 그녀의 옆에 선 채 아들의 손을 잡고 멀어져가는 악사를 지켜본다. 시장으로 꺾어지는 모퉁이에서 소년은 우리를 향해 어서 오라고 손짓을 한다. 하지만 그녀는 여전히 꼼짝하지 않는다. 여기서 내가 할 수 있는 일은 아무것도 없다. 나는 망연히 그녀를 지켜보고 서 있을 뿐이다. 진짜 사랑시장에 가야만 하겠다는 그녀의 고집이, 절박함이 위태로워 보인다. 구경꾼으로 온 게 아니라면 그녀는 진짜 사랑이라도 나누러 가겠다는 건가. 이 여자를 어떻게 해야 하나. 아니다. 문제는 그녀가 아니다. 나를 어떻게 해야 하나. 나는 무엇을 어떻게 해야 할지 혼란스러울 뿐이다.

　길을 잃은 사람처럼 서 있는 우리를 향해 손을 흔들며 달려오는 사람이 있다. 악사의 아들이다.

　"내가 알아요."

　우리는 그렇게 해서 투옌의 산속에서 열리는 사랑시장에 갈 수 있었다. 현지차량으로 갈 수 있는 길은 30분 만에 끝났다. 거기서부터 한 시간을 걸었는데도 목적지는 보이지 않았다. 얼마나 남았는지 물어볼 때마다 악사의 대답은 똑같다. 거의 다 왔다. 30분 전에도 그랬다.

사방을 둘러보아도 불빛 한 점 보이지 않는다. 점점 커지는 불안감을 억누르며 나는 휴대폰의 터치스크린을 밀어본다. 통화권 이탈지역 표시등이 여전히 켜져 있다. 네 차례나 발을 헛디디며 넘어진 정민은 가쁜 숨을 몰아쉬며 길바닥에 주저앉는다. 달빛에 비친 그녀의 이마엔 땀이 흥건하고 얼굴은 창백하다.

"아무래도 무리야. 이 사람들도 믿을 수 없어. 여기서 돌아가자."

그녀는 고개를 저으며 어깨에 멘 손가방의 지퍼를 연다. 약이다.

"뭐야?"

"비타민."

비타민을 몇 알씩 분리포장하지 않는다는 것쯤은 나도 알았다.

"물 없어?"

나는 악사에게 물을 가지고 있는지 물어본다. 없다, 거기 가면 물이 있다. 왠지 친절하지 않게 느껴지는 그의 대답에 나는 더 불안해진다.

"서로 금슬이 아주 좋았던 우리 마을의 어떤 부부 얘기 하나 해줄까요?"

경계심이 어린 내 눈빛을 읽었는지 악사는 엉뚱한 얘기를 꺼낸다.

"해마다 사랑시장이 열리는 날이면, 이 부부는 이른 아침에 함께 손을 잡고 집을 나섰습니다. 마을을 벗어나면 몸이 약한 아내를 소의 등에 태우고, 남편은 고삐를 잡은 채 앞장서 걸어갔지요."

악사가 이야기를 늘어놓는 사이 소년이 숲 속으로 사라졌다. 나의 불안감은 한껏 치솟았다. 악사의 이야기가 이어졌지만 나의 온 신경은 소년이 사라진 숲을 향해 곤두섰다. 정민의 고집을 막지 못한 것이 후회스럽기 그지없었다. 지금이라도 정민을 데리고 돌아가고 싶은 마음 간절했지만 되돌아가는 길을 찾을 자신이 없다. 가야할 길을 감추고 있는 어둠은 지나온 길을 이미 지워버렸다.

악사의 이야기가 끝나기 전에 소년이 어둠을 뚫고 달려왔다. 나는 안도의 한숨을 내쉬었고 악사는 이야기를 계속했다.

"사랑시장에 도착하면 그들 부부도 다른 사람들처럼 서로의 사랑을 찾아 헤어졌지요."

가쁜 숨을 몰아쉬며 소년이 정민에게 내민 것은 콜라병이었다. 내가 사준 콜라를 마시고 가방에 넣었던 빈 병에는 물이 담

겨 있다. 정민이 약을 입에 털어 넣고 콜라병에 담긴 물을 마셨다. 그들을 의심한 것이 미안해진 나는 약사의 이야기에 처음으로 추임새를 넣었다.

"그렇게 서로의 사랑을 만나 밤을 보내고 난 다음 날은 어떻게 해요?"

"밤이 가면 시장도 끝이 나지요. 해가 뜨면 그들도 다시 만났지요. 이번에는 술이 덜 깬 남편을 소의 등에 태우고, 아내가 고삐를 끌고 휘적휘적 왔던 길을 되짚어 집으로 돌아가는 거지요."

다시 걷기 시작해서 작은 언덕 하나를 더 넘었을 때 노랫소리가 멀리서 들려오기 시작했다. 그 사이에도 정민은 두 번을 더 주저앉았지만 가겠다는 고집을 꺾지 않았다. 달빛만이 발 놓을 자리를 비춰주는 산길을 앞서 걷는 약사에게 나는 물었다.

"당신이 말한 그 부부는 오늘도 저 시장에서 서로의 사랑을 만나고 있을까요?"

"그 아내는 이제 사랑시장에 가지 못해요. 지난겨울에 저세상으로 갔으니까요."

"그럼, 그 남편은요?"

"……"

더는 묻지 말아야 했다. 그런데 호기심이 내 입을 움직였다.

"그 남편은 사랑시장에 가지 않나요?"

"여기에 있으니 거기에는 없겠죠."

로이, 신 로이. 미안, 정말 미안하다고 나는 몇 번이고 그에게 사과했다.

"그 남편은 애초에 시장에서 찾을 사랑이 없었어요. 그 아내만이 그의 사랑이었으니까요. 아내가 사랑을 찾아 떠난 그 하룻밤 그에겐 술만이 친구가 되어주었죠. 어둠이 걷힐 때까지 마시고 또 마시며 단버우를 뜯다가, 날이 새면 아내가 끄는 소의 등에 실려 집으로 돌아갔지요. 그에게 사랑은 사랑시장에서만 없었지요."

나는 하마터면 정민에게 눈물을 들킬 뻔했다. 악사의 뒤를 따르고 있는 소년은 누구의 아들일까. 노랫소리는 점점 가까워지고 있었다.

우리는 한 장의 사진도 찍지 않고, 한 글자의 기록도 하지 않고, 한 마디의 말도 옮기지 않겠다고 서약하고 참여를 허락받았다. 투옌의 사랑시장에서는 춤과 노래가 끊어지지 않았다. 술이 떨어지지 않았다.

닭은 아침을 기다려서야 목청껏 울고
개울은 달이 뜨기를 기다려서야 졸졸 소리 내어 흐르고
저는 밤 시장이 오기를 기다려서야 사랑을 얘기하지요

온 마음을 다해 그대를 사랑해요
목청껏 그대를 그리워해요
이 삶이 다하도록 그대를 사랑해요

돌 위에 꽃이 필 때까지
돌 뿌리에 싹이 틀 때까지
전 기다리고 또 기다려요

'고백의 노래'는 투옌의 숲 구석구석으로 스며들었다. 노래를
주고받으며 춤을 추던 연인들이 사라진 숲으로 정민은 나를 이
끌었다.

"이래도 괜찮을까?"

나는 무엇이 두려워서 가슴을 쿵쾅거렸던 것일까. 그녀일까.
아니면 나 자신이었을까.

"당신에게는 아직도 괜찮지 않은 무엇이 남아 있어? 난 내가

정말 사랑했던 것을 무덤 뒤의 날들로 미뤄둔 채 인생을 끝내지는 않기로 했어."

그녀는 단호하게 말하지만, 나는 대답하지 못한다. 그녀가 정말 사랑했던 것에 내가 속한다고 나는 감히 확신할 수 없었다. 나를 사랑한다고 말하는 것을 믿으라고 명령하는 눈, 그녀의 그 황홀한 눈웃음을 나는 다만 거역할 수 없었을 뿐이다.

"일 년에 오늘 하루는 널 기다려도 되는 거야?"

나는 그녀의 마법에 걸려든 열한 살의 눈먼 소년처럼 헛된 주문을 왼다. 그래, 일 년에 단 하루쯤은 내게도 너를 안을 자격이 있지 않을까. 그래도 괜찮지 않을까.

"응. 그런데 내게 오늘이 한 번은 더 허락될까, 두 번쯤만 더 내게 허락된다면 좋을 텐데."

"무슨 소리를 하는 거야, 이 가스나야!"

가스나, 나는 끝내 그 말을 뱉고야 말았다.

눈을 떴을 땐 새벽녘이었다. 옆 침대에 잠들어 있는 그녀의 팔과 다리는 온통 상처투성이다. 내 팔과 무릎도 성치 않기는 마찬가지다. 침대 사이의 탁자 위에 놓인 그녀의 작은 가방에는 약이 가득하다. 발코니로 나가 투옌 방향의 능선을 바라본다. 지난 밤 기진한 그녀를 업고 돌아온 길을 가늠해본다. 숨이 막

힐 것 같다. 깎아지른 언덕 위에 자리 잡은 호텔과 투옌 사이의 깊은 골짜기는 안개로 가득 채워져 있고, 산봉우리만 검게 형체를 드러내고 있다. 나는 고개를 들어 새벽하늘을 바라본다. 몇 개의 별들이 밤의 마지막 순간을 지키는 근위대가 되어 사투를 벌이며 빛나고 있다. 여명은 별의 눈길을 게릴라처럼 피해 산을 타고 밀려내려 온다. 어떤 사람은 이 하루를 기다리며 일 년을 견뎌냈을 것이다. 어떤 사람은 이 하루의 힘으로 또 일 년을 살아낼 것이다.

그녀가 데리고 나타난 상대는 하나같이 내가 무엇으로도 대적이 가능하지 않은 대상들이었다. 그렇지만 이번에 그녀가 데리고 온 상대보다 더 나를 무력하게 만드는 대상은 없었다. 나는 이제 무엇을 기다리며, 어떤 힘으로 살아가야 하는 것일까. 아득하고, 자신이 없어지는 새벽이다.

韓国文学ショートショート
きむ ふなセレクション 10
サパにて

2020 年 4 月 25 日　初版第 1 版発行

〔著者〕パン・ヒョンソク（邦玄碩）

〔訳者〕きむ ふな

〔編集〕川口恵子

〔ブックデザイン〕鈴木千佳子

〔ＤＴＰ〕山口良二

〔印刷〕大日本印刷株式会社

〔発行人〕　永田金司　金承福

〔発行所〕　株式会社クオン

〒101-0051　東京都千代田区神田神保町 1-7-3 三光堂ビル 3 階

電話 03-5244-5426　FAX 03-5244-5428　URL http://www.cuon.jp/